借 题 发 挥

招贴设计《关注老人》的教学笔记

杭海 著

湖南美术出版社

目录

4

　　"关注老人"是一个大家司空见惯的，再平常不过的题目。这样的题目容易做，但不容易做好，要好得不寻常就难上加难。这是因为最常见的主题往往是被咀嚼得最久、玩味得最深的东西，能弄的花样儿都弄过了，于是，再想出奇制胜、不同寻常就显得很难了。从另一个方面来看，人类现在正处于新世纪之初的重要时刻，人的心态、生活方式、文化趣味等一切的一切都面临着迅疾而深刻的变化。老人的生存状态也一样。以怎样的心态、思想去面对长辈们的晚年，便由一个想当然的既成常识变成了一个全新的问题。这个现代生活中的实际问题，在我们的课中却是一个机会，一个突破想像的瓶颈的机会。借题发挥，不是为了找到答案，而是为了最大限度地找寻突破常态的可能。这种刺激而令人疲惫的找寻，自然应是以图形的方式来实现。

第一章　想像的扩大

"精骛八极，心游万仞"
——晋·陆机《文赋》

想像或许是人类所具备的一种最为古老的精神活动，一切创造性行为都离不开想像。想像意味着改变事物呈示于我们心中的常态，改变固有的关系、重心、选择方式和组合方式，因此它成为创造的发轫。没有一种心理机制比想像更能自我深化，更能触及事物的本质，爱因斯坦说："想像比认识更重要"。

教师的准备

因为是高年级的课，所以概念性的讲解一带而过，大量的时间用来讨论、研究学生的具体想法。在开始阶段，解决的核心问题是想像的问题，"想像"的教学不能停留在概念、心理机制的讲解以及相关幻灯片的解说的层次上，而应想方设法以具体的可操作的路径帮助学生迅速进入状态。

第一天讲课结束后，我问学生们有什么问题，谁也不吭声，显然，没有问题就是最大的问题。教学的第一步应该是让学生学会提问，这样以后作业的研讨、争论才有可能。创意的教学绝不能是教师单向的灌注，而应是有来有往，互相激发的互动关系。在这一章里所列的几节内容是课程中所尝试的方法与课后的一些感想，在具体的教学过程中，并没有如书中这般分明的次序，而是针对具体的作业、具体情况随机地给出建议。事实上，无论是思绪还是步骤，都不是正常的想像所应有的状态。

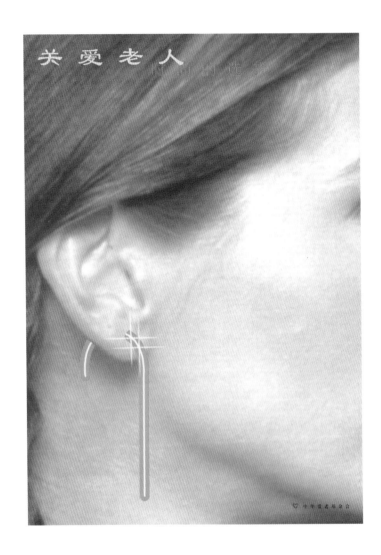

戈晓岩同学交来一张草图，是一个戴"拐杖"耳饰的侧面人像，大家都认为挺有意思。

教师："这是什么意思？"

学生："我也说不清楚，想了很久也找不着合适的概念。"

教师："这说明你根本没有想。"

学生："我想了，真的想了。"

教师："是吗？那我来问你看看，这是什么？"（指着拐杖）

学生："拐杖。"

教师："'拐杖'是什么？"

学生："老人的象征。"

教师："挂在耳朵下面的一般是什么东西？"

学生："是耳环之类的首饰。"

教师："女人戴首饰是为了什么？"

学生："为了漂亮，引人注意。"

的精神财富。

孕育.

土豆的繁殖后代是在自身上长出芽来. 是靠牺牲自身躯来使后代生长.

身为土牺牲一切.

父母为了儿女而牺牲的士牺牲一切.

保护.

种子对于果实的保护非常的体贴入微 层层包裹呵护关爱倍置.

父母
层层呵护.
关爱倍置.

呵护.   营地

石榴. 在未成熟前其皮很难剥开, 一但变质成熟石榴会爆裂其身. 放其所出. 任其鹏程万里.

父母

成熟—爆裂

鹏程万里

屋虽温馨
宁静. 淡雅
宅护的环境
氛围. 及分子
果计. 水果芳

为什么
笑容犹在?

为何还在微笑?
(佛)

有比曾天佛

教师：“如果今年都戴这种首饰，那是为什么？”

学生：“流行吧。”

教师：“流行'拐杖'耳环？”

学生：“是吧。”

教师：“那么流行的主题是与老人有关？”

学生：……

在最后的完成作品中，我们看到了冠以《时尚的选择》的有趣画面，它幽默地告诉我们，关注老人应该是新时代人们的时尚选择。

设计总是伴随着问题开始的，提什么样的问题，提问题的角度及水准往往决定了整个设计的思考方向与思考深度。成人的困惑往往在于无问题可问，事物、事件已天经地义地以常态的方式紧系于我们的心灵之中，这种思维中的习以为常是我们进入状态的第一道屏障。要拒绝概念的常态，就应该向幼童学习、心无羁绊、口无遮拦地提问，然后像面对幼儿一般给出答案，让答案尽可能单纯、富于视觉特征。

在影片《宝莲灯》中有这样一段对白：

小沉香：“妈妈，什么是幸福？”

妈妈：“幸福？喔，幸福就是妈妈和沉香在一起。”

沉香的妈妈用一种单纯有效的方式解答了“幸福”这样一普通而难以确切回答的概念，“在一起”赋予了“幸福”这个概念以可视的人性色彩及完满状态。整个影片描述的就是小沉香找寻幸福的过程——也就是找寻和妈妈在一起的过程。诉求单纯，传达才会明晰有效。

在作业开始阶段，学生们花费了大量的时间来自问自答。面对任何事物，大家都会问上一句：“这是什么？”因为我们知道在逼近一个特定主题的过程中，事物或事件必须褪去既有的常态外衣，才有可能化身为全新的象征。

问题的提出是为了找寻新的通道，藉以达到概念的翻新与优化；强调答案描述的可视性，是为了便于转化为具体的图形特征。这一段时间里，学生需要通过对生活细节的观察、调查、回忆，通过与他人的沟通，通过各种资讯方式，以获得大量的素材，在素材处理过程中，迫使自己最大限度地放弃概念的常态，开放心灵，进入真正的反省状态，以期获得个性化的概念与意趣。

看闲书很重要，就个人而言，每个人的生存状态都很有限：有限的生活经历，有限的教育范围，有限的性格特征，有限的交际圈子，有限的趣味倾向……都会在我们进入创意状态时形成强大的自我限制。阅读是打破这一限制的良方之一。大量而泛泛地阅读与自己经历、专业不相干的书籍，可以让我们获得新的资讯与体验。很多情况下，无界域的阅读可以扩展我们思维的带宽，唤起新的好奇与认知，从而使得心态自由、开放；另一方面，书中的新体验、新认识，会激发起新的比较活动，于是象征就有了新的符号基础。

随手抓起一本书就看，走马观花的看，或半途而废，或不求甚解，甚至是曲解，对于创意人员来说是一种素质。

这就是我们提倡的无界域阅读。

一位创意人员的最好的状态是指有无数个点可以切入主题，点子越多，选择比较的余地越大，越容易澄清思路，从而逼近目标。然而，很多时候，我们只有极为狭窄的、极为平常的一点思绪，没走几步，便陷入想像力枯竭的泥潭。

在创意课上，作业越到后期，学生的思路越容易趋于雷同，"不约而同"的构想越来越多，真正有点个人特点的东西少得可怜，"江郎才尽"的巨大阴影笼罩着整个班级。但是，如果我们稍微平静地去内省自己的思绪，就像一位长者静静地关注一个幼儿的玩耍，就会发现思绪是如此生动，易变，层出不穷……然而无数鲜活的想法刚刚现出一点火花，自我模式、规则、安全性考虑的积习便覆盖上去，一切都发生在一个个思绪闪烁的瞬间，于是，一种捕捉瞬间思绪的方法就显得特别重要和有意义。

这种方式我们称之为碎片式收集。

思考过程中会弥散着无数的意象的碎片，每一块碎片都有闪光的可能。因此，一旦有些微的想像，无论是一句话，一个图形，抑或是一种意象的痕迹，我们都要不加判断、不加介入、不加修饰地立刻将它记录在纸上，可以是文字的方式、图形的方式、符号的方式等一切尽可能简约准确的方式。其中"不加判断、不加介入、不加修饰"是记录中最须严格遵守的法则，惟有不加判断、不加介入，才可能使得原创的火花不至于在犹豫、怀疑的黑风中熄灭；惟有不加修饰，才能使得原创真正现出本真的面目。

记录在纸上的这些思维的印迹，也许是除了你之外无第二个人能够读解，但它弥足珍贵，因为它是图形设计的真正源头，也只有它能够让你真切地用眼睛看见你的思绪、你的想像可以扩展、流离到多远，可以深入、细化到何等程度。

因此，每一个学设计的学生都应该有一个本子随身携带，就像枪不离身的西部牛仔。

最代表性的方面
由林、枯树、文學

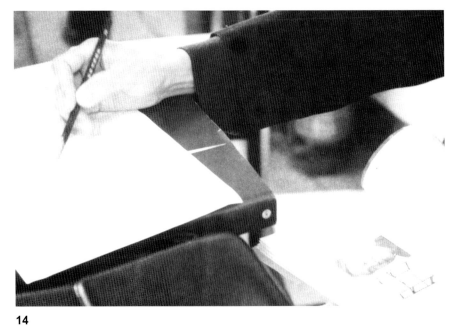

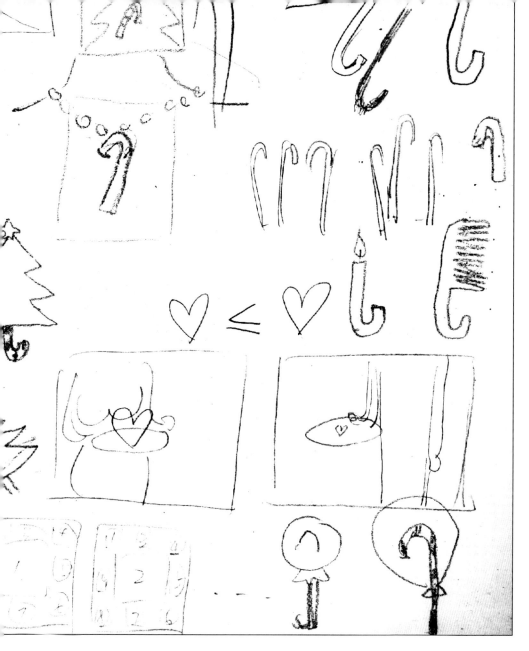

　　许多记录下来的鲜活的思绪火花，一经放大，便会出现令受众瞩目的万丈光芒。就一次创意行为而言，记录下的东西，只有很小的一部分会成型、长大，但别的碎片并没有就此变成无用的垃圾，只是暂时进入休眠的状态。或者，更准确地说，进入一种等待状态，在机缘来临的时候，一次无意的翻动，又可能成就一次伟大的创意。

老人的声音

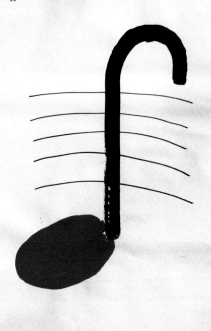

老GRAYBEGRS人

"所有的科学从观察开始，从观察到分类，并发现相关现象中透露的相似性和规则，从思考这些相似性和规则，产生出创意的跃升再成为一个假设。"

——（美）詹姆士·韦伯·扬《如何成为广告人》

　　一个音符和一根拐杖相去甚远，但张楠同学却看出了其中相似的可能，一个看似平常而实则奇异的图形传达了一个有力的概念："老人的声音"。

　　一根燃尽了的火柴和一根拐杖相去甚远，但王建辉同学却让我们真切地看到火柴与拐杖共生的图形，于是反常的图形迅速而含蓄地传达出老年问题那种刻不容缓的危机。

　　很多情况下，事物或事件的相似导致了概念的奇异升华，于是寻找新的相似的可能便成了创意活动的一个重要途径。科学家告诉我们，世界上找不到两片全然一样的叶子，但要找到两片完全不一样的叶子也是不可能的，不似是相对的，相似是永恒的。一件事物或一个概念与其他事物或概念所能达成的相似的可能是无限的。在这次课程中，利用拐杖来做文章是很多同学的选择：拐杖化身为书签，传达了老人是百科指南的意象；拐杖化身为钟的指针，传达了老人是岁月的见证的意象；拐杖化身为一只椅腿，传达了老人是缺一不可的支撑的意象；拐杖化身为菊花的花瓣，传达了老人历经风霜、傲然不朽的意象；拐杖化身为一枚火柴，传达了"闪亮的晚年"的意象……形态的相似带来新的类比，于是新的相似营造了全新的概念；而概念间的融合导致不同事物的形态间的变异趋同。

　　基于事物表现性的相似可以让看似毫无联系的事物之间发生联系，当耶稣说出"骆驼穿过针的眼，比财主进神的国还容易呢"（《新约·马太福音》第十九章二十四节），当孔子临于川上，感喟"逝者如斯夫，不舍昼夜"（《论语·子罕篇》)，都是从日常事物的表现性出发，引发新的象征。"骆驼穿针眼"所具有的那种小不容大的视觉特征与私欲膨胀的财主难以挤进天国之门的心理意象具有相似性，水的流逝不返的特征与生命进程的不可逆转的心理意象具有相似性。然而，发现了相似的可能性并不意味着找到最佳的切入点，相似提供了潜在的无限多的可能性，但并不意味着找到了根本的答案。

　　很多时候，我们想像的羽翼会伸展得很远、很远，一件事物或一个概念与其他事物或概念所能达成的相似的可能是无限的，然而，如何能从基于事物表现性的相似引申至概念的重组，并最终成为符合一定目标诉求的惟一或绝佳的选择？这样的问题没有答案，理性的分析也许有助于形成正确的思路，但判断的根本依乎你的直觉。因此，保持了直觉意义上的机敏，也就是保持了职业上的优势。

以拐杖组成菊花图形，藉
以象征傲视风霜的老人形象。

且看扶杖人　正是菊花灿烂时

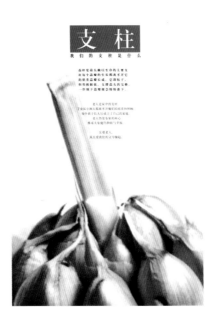

支柱

我们的支柱是什么

茎秆是蔬菜长高以生存的主要支
柱与各种蔬菜的生长都离不开它
的供养蔬菜的生长成，它踊起子，
但倒然断损，支撑蔬菜的完整
一旦倒下蔬菜便会趴伏在下

老人是家中的支柱
子女因小树人搬离不开随它的营养和根脉
一旦倒下也已成立之自己的家庭
老人仍是家的重心
那承托家庭的和舒与平衡

关爱老人
从关爱我们的父母做起

根基

我们的根基是什么

细嫩小苗扎根从母体中蕴蓄头未
与一株蔬菜成为一颗高大的植物它
们的成长的根基是母体本身在生长
导母株中的蔬后一滴养份

孩子的成长是与母亲的付出与传递
我们的每一点成长就母亲子父母付出与身外支撑
合同来长大成人
父母伴随着我们的大力

关爱老人
从关爱我们的父母做起

冬衣

我们的冬衣是什么

蔬子对于抵抗外的保护我可提及预防侵
毒为了不脱龙本分，她包裹着一件
温暖的冬衣，绵衣无还，迎层的包裹，
这种呵护才有每一颗果实的品尝酮适

父母的抚摸就像一件温暖的冬衣，
成长的过程中随护了我们从头至完
绵绵的呵护
随着大风的同侧
和着了冷的流成
随年时的冰老随们的保暖就为上了了冬身的光泽

关爱老人
从关爱我们的父母做起

20

营地

我 们 的 营 地 是 什 么

石榴是多子的，在其子未成熟前它用
其坚实果皮保护果实的成长，一但果
实成熟，它会自爆其身，果实离开温暖
的营地奔向光明的前程。

父母的臂弯是孩子温暖的营地，
在未出发前，
父母会精心培养照料他们的孩子，
一但孩子长大他们会不惜付出任何代价，
把他们送上光辉的前程，
含泪祝福他们鹏程万里。

关爱老人，
从关爱我们的父母做起。

邰健的系列招贴以土豆、蒜头、石榴、柚子等果实为基本素材，柚子以厚厚的表皮层层呵护里面的果实；土豆以其养分的耗尽换来新芽的萌发，石榴以自身的爆裂放飞新的生命……果实所具有的孕育、呵护的特征与我们在成长过程中所获得的母爱具有相似性，这种基于生命特征的类比，自然、亲切，于是传达始于平常，而延展至深沉博大。

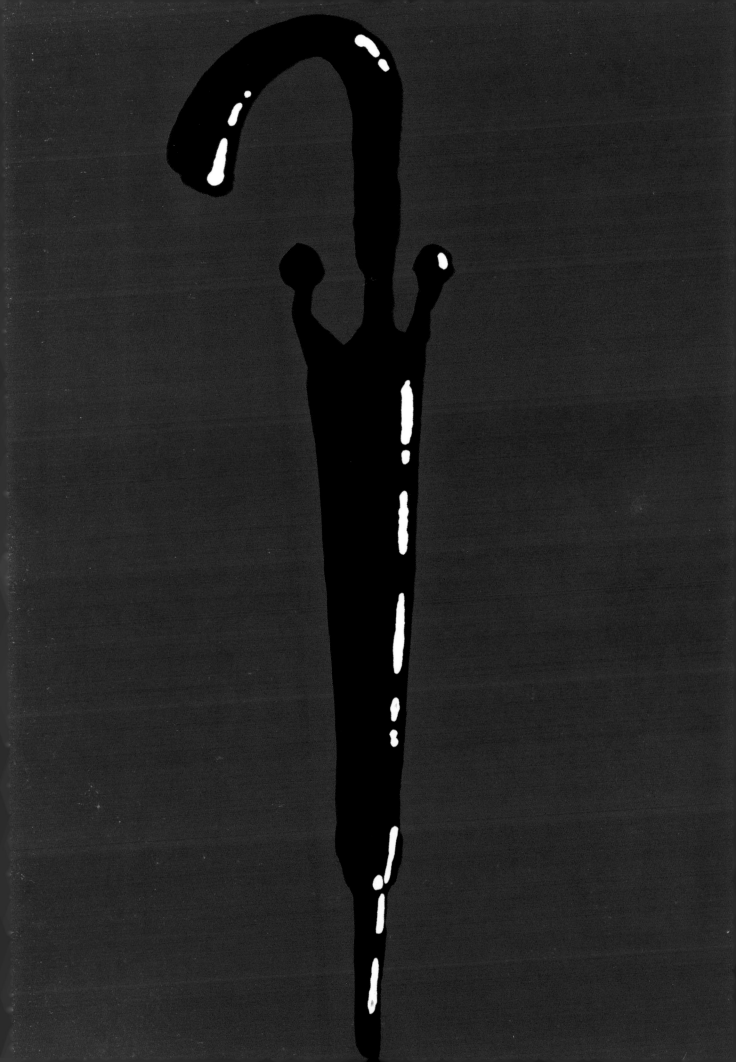

徐悦同学的作品《让我们成为老人的支撑》，概念来自对雨伞开合状态的留意，开始的草稿描述了撑开的雨伞——"小时候，父母为我们遮风挡雨。"与合拢的雨伞——"父母老了，我们该为他们做些什么？"雨伞的不同状态所具有的表现性给予徐悦同学以"保护"、"拐杖"的相似联想，于是一具普通的雨伞化身为一个深刻的象征。鲁道夫·阿恩海姆曾说过，"一种真正的精神文明，其聪明和智慧就应该表现在能不断地从各种具体的事件中发掘出它们的象征意义和不断地从特殊之中感受到一般的能力上，只有这样，我们才能赋予日常生活事件和普通的事物以尊严和意义……"（《艺术与视知觉》628页，<美国>鲁道夫·阿恩海姆著）在作品细化过程中，徐悦同学将上述概念简约为一把合拢的雨伞，加上一条拐杖形的投影，最后干脆将投影也去掉，就形成了现在这个样子：黑雨伞、红色基底，冠以《让我们成为老人的支撑》的标题，原有的娓娓诉说最终让位于强烈的视觉冲击。

日常的事物，日常的语言往往具有最深刻的象征意义与最奇异的传达力度。以最常见的事物设譬，以日常用语来讲解最伟大、最深刻的生命哲理，一直是古往今来的先知大哲们乐于采取的教化方式，《论语》如是，《圣经》也如是。这种方式同样也是招贴设计及其他图形设计最有效的表达方式之一。它由于通俗易懂，故而能为众人所接受，由于能从最常见、最不起眼的事物身上发现出全新的象征意义而导致深刻。其中，用普通的语言去对普通人说话的体贴心态又是富于平等的民主精神的体现。关注生活的细节，让日常之物成为主角是我们进行创意活动的一个重要途径。

越老越值钱

作者：王雪皎

　　"老了不值钱"是老人常有的感叹，王雪皎却以蚌壳上的年轮告诉我们"越老越值钱"——老蚌壳里有大珍珠。以此表达了老人是财富的概念。

越 老 越 值 钱

这个街头常见的三角形交通标志被苏牧同学演绎为一个"注意老人"的警示，背景则是川流不息的都市景象，于是不着一字，便表达出关注现代生活中的老人问题的基本概念。

只有热的时候才会想起它

父母才懂得父母

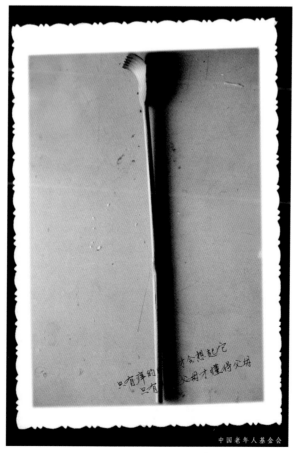

王燕作品

文案：只有热的时候才会想起它，只有为人父母才懂得父母；只有痒的时候，才会想起它，只有为人父母才懂得父母。

王燕说：扇子很普通，但扇子对人的关爱是长时间的、默默的，就像我们的父母对我们的爱一样，是如此平常，以至于我们很少注意到它的存在。

第五节　气质的考虑
——量身锻造特殊的心灵

　　每一个学生都是特别的。让学生自己意识到自己的特别之处是非常重要的事，气质的考虑往往是因材施教的起点。气质的形成是漫长而复杂的，它决定了一个学生潜在的创意风格、方向。然而，让一个学生顺应自己的本性去发展、创造，并不是一件容易的事情，它有赖于教学过程中师生间交流的深入程度，同时我们应该意识到学生是在不断变化中成长的。因此教师得保持足够的敏感度去体察其中的些微变化，帮助学生将几乎是一晃而过的闪光点拨亮放大，在放大过程中让学生看到自己本有的、特殊的灵性，从而在其作品中自然地生成独特的人格特征，只有这样，学生才能获得信心去寻找自己的方向。以下作品所反映的个人特征是有趣而耐人寻味的。

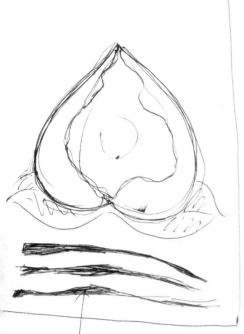
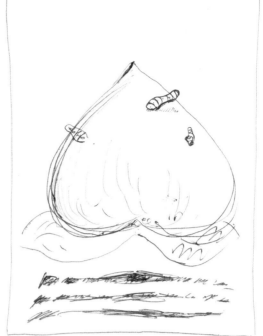

（手绘效果）

据统计：91% 的青少年曾贵向火因素取
80% 的青少年经常向专用店等处因用
98% 的青少年的孩子由夫人带大

闪亮的晚年需要你未点火吧

　　王雪皎具有细腻、敏感的神经。他的想法与众不同、又老道、智巧，一开始就显示出较强的创意能力。对待作业，王雪皎总是力求做到最好，这表现在只要作品存有些微的瑕疵，王雪皎便毫不犹豫地着手重做，而不管这幅作品已花费了多少个日夜的辛劳。这股子与他外表绝不相符的狠劲，使得王雪皎付出了比别人多的脑力与体力，其结果是作品数量最多，质量也最好。

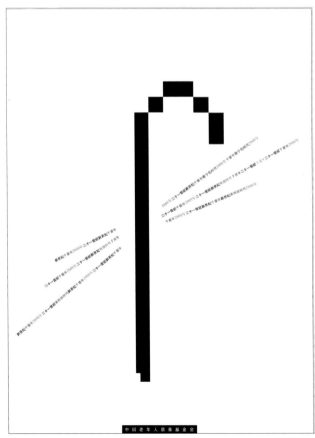

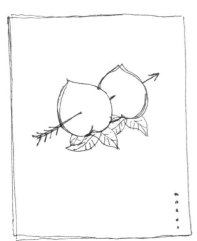

刘兴瑞同学是一位敏感的学生，其作品流露出智巧、时尚的意味，同时又具有相当的深刻度，但他总对自己的想法有所怀疑，这表现在他总是问我，"这是不是不行啊？"敏感使得他能够从看似毫不相干的事物之间寻找到切入点，造就新的象征符号，而对自己没完没了的怀疑与不满意，则使他对作品苛求有加。这样的学生只需要时时给予肯定的声音，"行！"剩下的，他自己就能做得很好了。

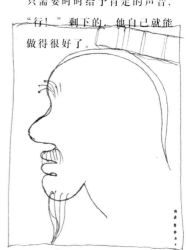

老人能做什么

老人能做什么

老人能做什么

刘宓毕业于中央美院附中，扎实的表现功底，使她能够自如地表现自己的概念。

从刘宓的草图中可以察觉到，有了一定的可以切入的点之后，便进入细化的过程，大量的时间都是围绕着一两个基本的立意去层层展开。盯住一点，心无旁骛，显示出刘宓对自己的创意概念的高度自信；不厌其烦地层层展开，步步细化，则显示出刘宓对高质量作品的期待；而立意的反常，图形的震撼，则表明该生不随波逐流的胆识与创新精神。

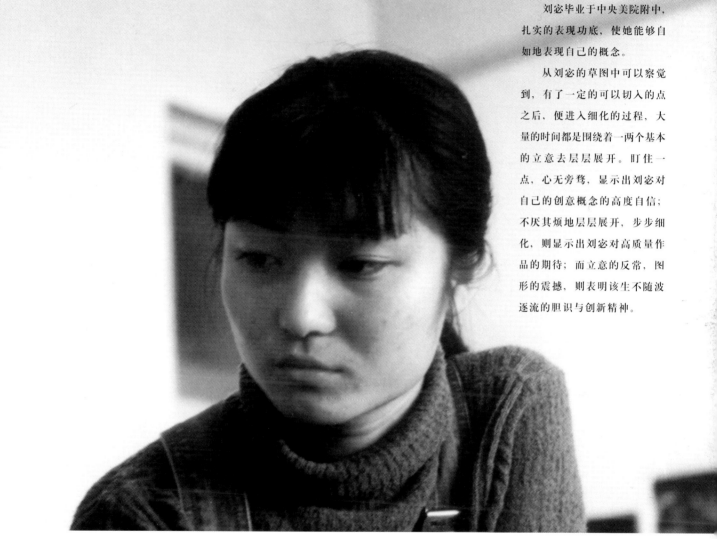

　　吴笛笛的四张作品都是用油画的方式来表现。第一张作品《人鸟情未了》表述的是老人缺乏倾诉对象，养鸟排遣却可能陷入自我封闭的怪圈。第二张作品由三幅画面构成一个系列，结构是陈述性的，语言具有个人化的倾向与趣味。在细化作品的过程中，我曾从传达的角度提出该作品表达暧昧，不清晰，但吴笛笛还是坚持现有的方案，这自然有她的原因。在中央美院这样一个充满纯艺术表现的学术环境中，一个热衷于绘画行为的学生，要接受一种视觉传达所要求的高度明晰与通俗是有一定难度的，但是，功能的考虑始终是设计的核心，一个概念如果在视觉层次未被受众瞬间读解，就不再会有之后的细化、回味，更谈不上具体的行动了。如何能够自然而然地将一种个人化的艺术倾向或趣味引申为一个独特的设计表达，使之既满足设计所要求的功能意义又不伤害学生的艺术趣味？这是一个暂时没有答案的个案。因此，与其强制性地扭转学生的意志，不如等等再说，何况，一个学生的专业选择与未来的职业并不总是一致的。

　　传达是分级的、有层次的，我经常问学生：受众会在你的作品中先看到什么、再看到什么、最后得到什么？

　　图形的表现性会传达最基本的感受，比如，是阴冷，抑或是热烈；是壮观，抑或是优雅；是顺畅，抑或是压抑等等。这一基本感受决定了整个概念传达的态势，在此基础上的种种图形技巧、文字表述则是进一步明确主题、深化概念，最终的目的是让受众得到基本的信息并采取相应的行动。学生往往偏重于图形技巧、文图形式的考虑，而忽略大的图形态势所具有的表现性及传达力度，这一点恰是与受众碰撞的第一个层面。大多数受众都是依于这一层面的基本信息感知来决定进行或中断下一步的仔细阅读。优秀的图形设计总是能将这一层面的感知了无痕迹地融入概念的完整意象之中。也就是说，图形的表现性与图形所象征的主题概念之间是没有距离的，受众在一眼看见某一图形之后便自然而连续地沉浸于主题细化的体味之中。

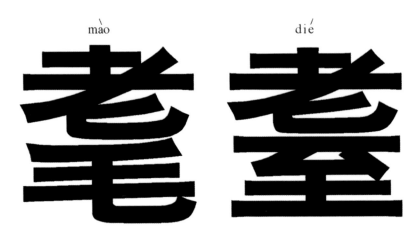

是 认 识 、 关 注 他 们 的 时 候 了

mào dié

耄耋

耄耋是指七八十岁的老人

老年人慈善基金会

孔岩的《耄耋》。"耄耋"，很少有人能一口气读完这两个字，在概念传达上显然是一个弱点，但孔岩却利用了这个弱点，使之成为一种新的可能性："是认识、关注他们的时候了。"于是第一眼的"不认识"的感受，借由文案巧妙地过渡到主题意义之中，早先的疑惑在瞬间释放，代之以全新的体味与反思。

翁不倒

杨莹的《翁不倒》以不倒翁为素材，"不倒"的属性转换为精神不倒的象征意蕴，平常的素材选择，却实现了深刻的传达力度。

♡ 中国老年基金会

李梅玲的《换一种沟通方式》以老少爷们儿对抽的画面，展示了老少之间的沟通应建构在自然亲切的基础之上，一种日常生活中的吞云吐雾，营造了人性、亲情的东方式的传统理想。

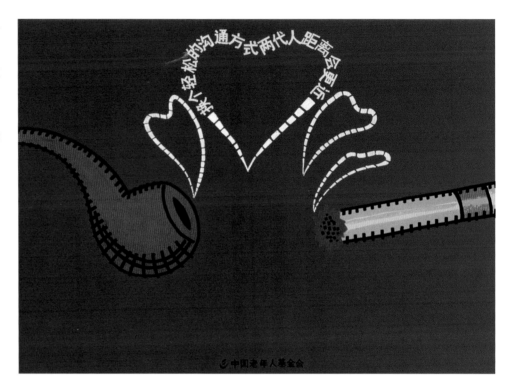

陈礼的《老人就是孩子》，一老一少的并置、形态的相似在瞬间传递出"老人就是孩子"的等同概念。幽默的画面更使人忍俊不禁，而之后的回味却是令人长久难以释怀的。

父母为我们累弯了腰

父母为我们累弯了腰！

考前班的白欣玉同学画了一棵被果实压弯了腰的向日葵，果实的成熟与茎杆的弯曲衰老成为生命传递的一种深刻象征，它告诉我们：有一种弯曲是高贵不朽的弯曲。但白欣玉同学直白地写上了一句话"父母为我们累弯了腰"，于是瞬间剥夺了受众赖以想像、回味的空间。看似是一句话没有说好，但反映的却是学生思考的深刻度远未达标，以及对传达的层次的把握的稚嫩。我常对学生说：这不是只差一句广告词的问题，而是根本就没有概念。就像这个例子一样，学生只是找到了一个合宜的素材，真正的设计还未开始。

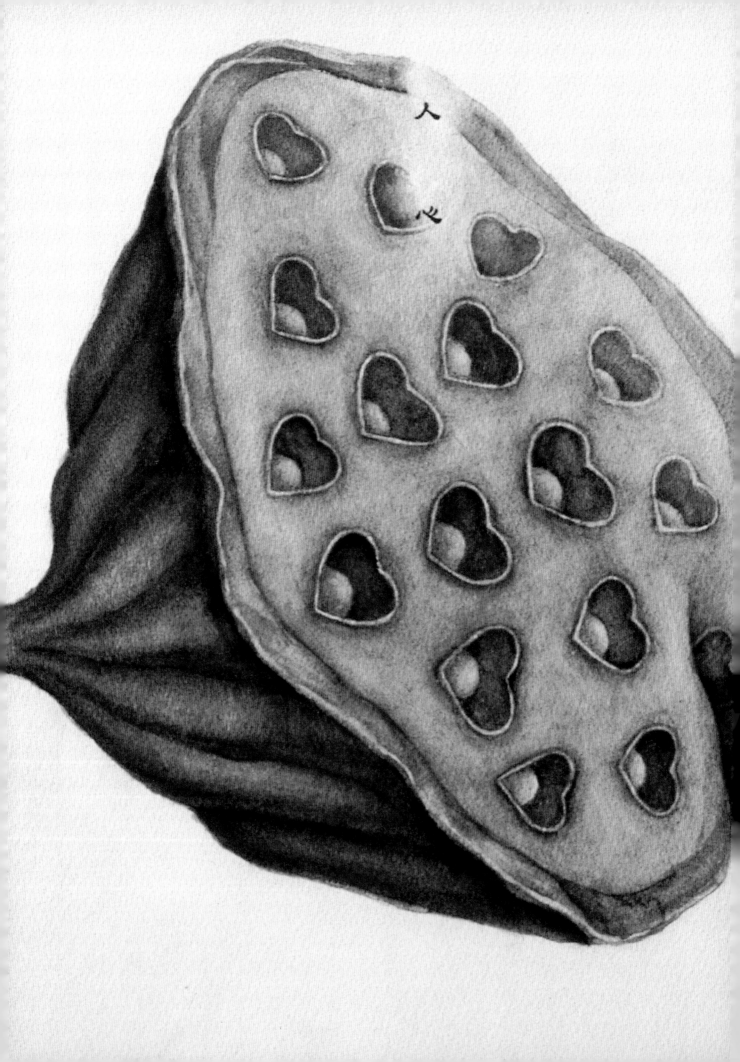

第七节 莲子的启示
——传统因素的潜在力量

　　王雪皎在纸上画了一只莲蓬说，"我想做一个题为《子子连着老人心》的招贴"。"莲子"与"连子"是谐音，传统吉祥图案中用莲子来表示连生贵子的含义。借用传统的意趣，营造新的概念是王雪皎的出发点。开始的图形是一个心形的莲蓬，后改为每一个莲子洞都是一个心形，于是我们看见衰老的莲蓬以同样的心蕴藏着颗颗莲子的画面，长辈对晚辈无尽的关爱就这样以一种传统的意蕴表达出来。

　　以传统的元素来做现代意义上的阐释，一直是一个有效的方式。传统的意趣具有广泛的群众基础，容易导致受众情感、文化上的认同感与归属感，在熟悉的环境中，人容易放松、解除戒备，信息沟通才有"成活"的基础。可以说，利用传统的认知是一种善巧的方式。

关心老人

子子连着老人心
子子连着老人心

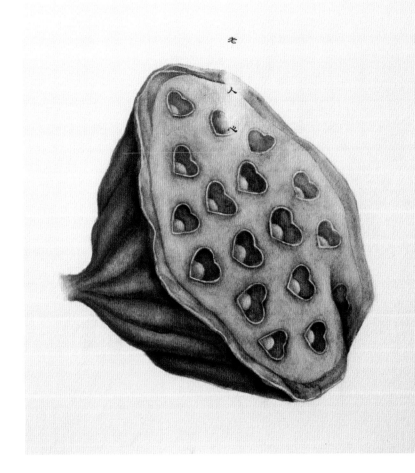

巨琳的《越有价值的东西越容易受损——老人也一样》同样是利用了传统的元素来借题发挥。

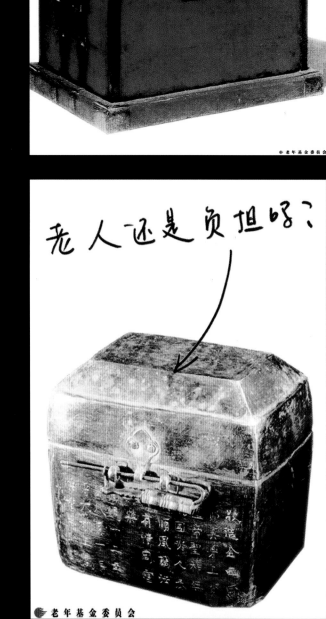

考前班的白欣玉同学从日晷受到启发，勾画出这张草图。拐杖作为老人的象征，在这里化身为时间的指南、岁月的见证。

就

是

姜还是老的辣姜还

将出马老将出马老将出马老将出

老骥伏枥志在千里老骥伏枥志在千里老

犊老牛舐犊老牛舐犊老牛舐犊老牛舐犊老牛舐

珠老蚌生珠老蚌生珠老蚌生珠老蚌生珠老蚌生珠

马识途老马识途老马识途老马识途老马识途老马识途

老有所为老有所为老有所为老有所为老有所为老有所为

当益壮老当益壮老当　　　　　益壮老当益壮老当

出马老将出马老将出　　　　　马老将出马老将出马

姜还是老的辣姜还是　　　　　老的辣姜还是老的辣

老将出马老将出马老　　　　　将出马老将出马老将

千里老骥伏枥志在千里　　　　枥志在千里老骥伏枥

牛舐犊老牛舐犊老牛　　　　　舐犊老牛舐犊老牛

珠老蚌生珠老蚌生珠老蚌生珠老蚌生珠老蚌生珠老蚌生

马识途老马识途老马识途老马识途老马识途老马识途

老有所为老有所为老有所为老有所为老有所为老

老当益壮老当益壮老当益壮老当益壮老当

出马老将出马老将出马老将出马老将

的辣姜还是老的辣姜还是老的

将出马老将出马

财

富

周臻同学的《老人就是财富》，以"老当益壮"、"老骥伏枥"等"老"字当头的成语构成铜钱、图形，直截了当地告诉人们"老人就是财富"，同时成语又提供了细细品味的细节特征。

王雪皎《空空的晚年》、《残缺的晚年》则是以一种异常的方式运用传统的元素来达到沟通与震撼的双重作用。以寿桃象征晚年，以噬咬、虫蛀象征不孝儿女的掠夺，图形无言地表明了这样的告白：本该是圆满喜悦的晚年，却遭到蚕食、掠夺的悲苦。作品的风格借鉴了二十世纪二三十年代上海的老招贴的形式，显然王雪皎试图让我们在一种淡淡的怀旧的温馨的气氛中，默然反思"尊老"这一古老而又现代的问题。

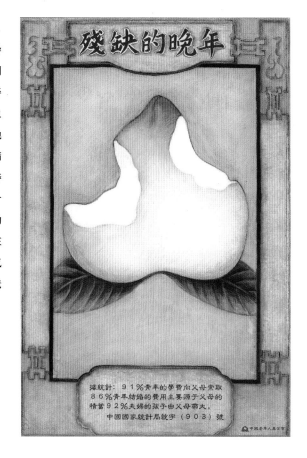

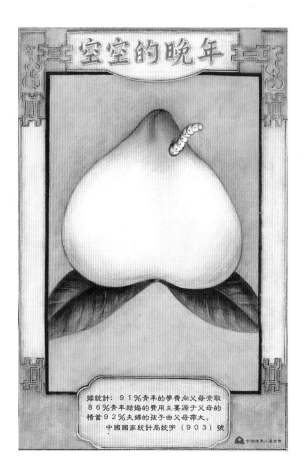

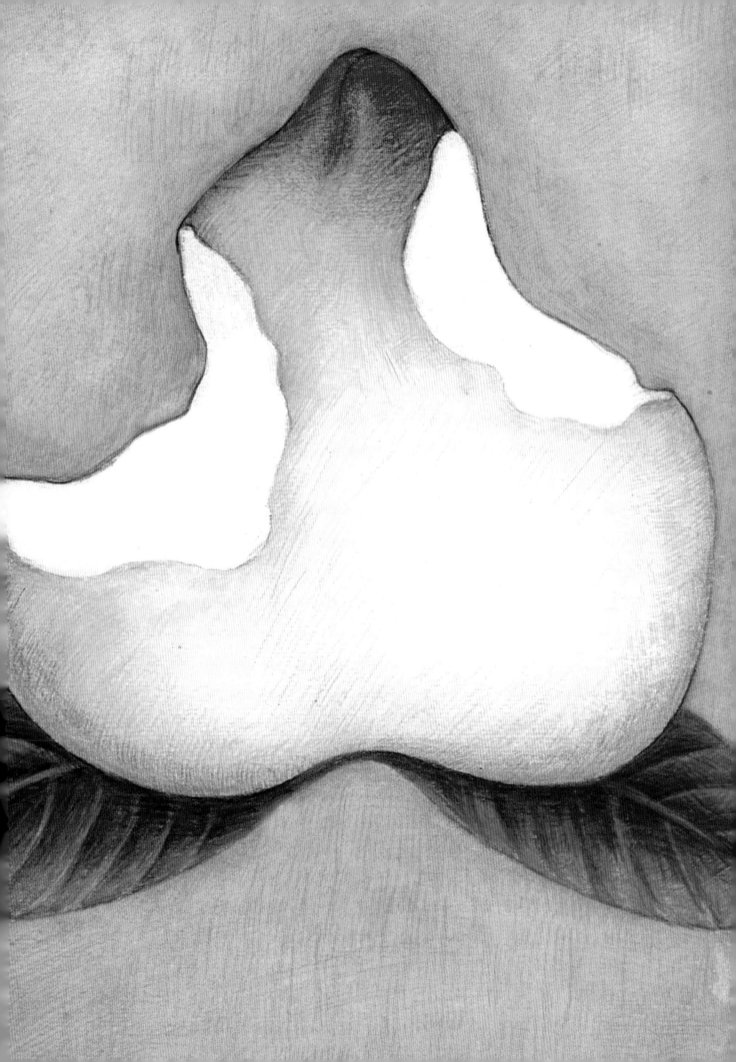

考前班的这一同学利用
"晨"与"暮"字共用"日"
字的灵思妙想，阐释了长辈与
晚辈的依存关系这一深刻主题。

关莹同学以黄历为基本素材
来演绎关怀老人的主题。

中华老年人基金会

研究某一概念的传统阐释，可以使人们更精微地体察受众的生成背景，从而使得设计直指人心，传达在情理交融中自然地展开。而注意体会传统符号的意趣，使之延展、巧妙地契合现代时尚潮流的某些指标，则能赋予作品以全新的视觉感受。这种新颖由于来得有根有据，故而非但不唐突，不生硬，反而充满亲切与认同感，更不用说其中的人文底蕴所给予作品的深度与格调。因此，重视传统，不是单纯地认识与继承的问题，而的确是传达的一种有效方式，更是一种伟大风格可能出现的强大背景。因此有必要将传统所具有的潜在力量以及现阶段的时效性告知学生，让学生以自己的方式去对待、理解、认识传统，并在探索中找出各自的解决之道，而不是让现代的图形浅薄地披上一张传统的皮。

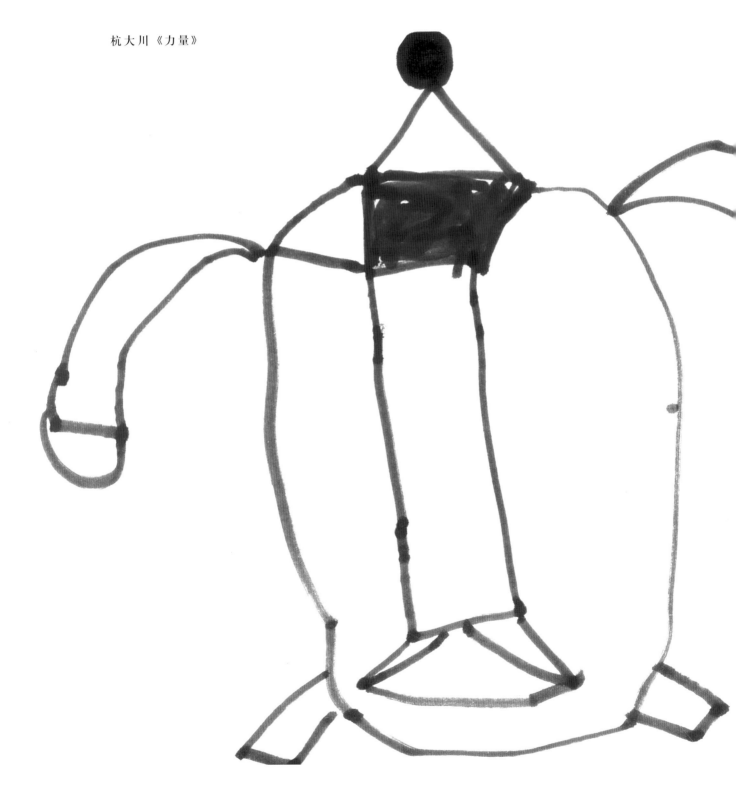

杭大川《力量》

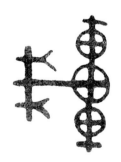

第二章　图形的研究
——教师的想法

　　长久以来，我对甲骨文、金文等古老文字有浓厚的兴趣，这个兴趣来源于对其字形的观察，越古老的文字，图形性越强，中文"象形"一词，即是指描摹实物外形的一种造字方法（象形，"谓画成其物，随体诘屈，日，月是也。"《汉书·艺文志》），但这种描摹不是机械照抄，而是有选择性的。这种选择性表现为描摹实物时的视觉角度的变化及描摹方式的极度简约，其目的是用最简约的形态来表达实物的最佳表现面，或者说是最主要的特征。有的时候，一个特定的展示面不足以全面完善地表达事物的特征，便会出现不同视角的样态组合，如"车"字，即是在整体俯视的基础上，将车轮作立面表现。

　　用单纯、简化的结构意会出感性、诗意的境界是汉字设计的精妙所在。在图形设计中，如何能使得形态精简却又不导致冷漠费解，一直是一个难以解决的问题。古文字的观察，可以帮助我们从视觉的选择性、组合关系以及结构的表现性诸方面了解概念与形态间的转换关系。本章所设的八节内容旨在探究图形的表现性与传达的关系。学生们在作业过程中尽了极大的努力，找寻尽可能多的可能性，以期获得创意人所需要的图形感觉，这种感觉显然是建立在对日常事物事件的表现性观察基础之上的。

杭大川《太极》

57

为了验证这个标题，我在纸上画了"　"、"　"两个甲骨文字，然后我拿着它去问我那五岁的儿子："这是什么？"他几乎是不假思索地回答："是上和下"。

我又问"为什么是上和下呢？"

他跑进书房，一会儿拿了一张画给我看：

"这一小横是天安门城楼，这一大横是天安门底下（指基座）。"

原来，天安门在意象中竟可简约到"　"这一程度。接着他又在"　"、"　"上各加了一个箭头，用另一种方式告诉了我他的视觉读解的依据，这种读解显然是基于完形原理而造成的图形态势，这种态势引导目光自然地得出向上或向下的概念。

每一天，每一刻，图形设计师都面临着要将概念变成可视图形的巨大压力，如何能使得图形简约而感性，富于意趣而单纯明了，一直是图形设计师的核心工作，事实上，人类一切概念的形成都是基于具体的感知经验，其中，视觉经验是其核心，鲁道夫·阿恩海姆说过，创造性思维在任何一个认识领域中都是知觉思维，而视觉形式又是创造性思维的主要媒介。

在汉代许慎编著的《说文解字》一书中，我们看到了古人对日、月概念的解释：

"日：实也，太阳之精不亏。"

"月：缺也，太阴之精。"

译成白话文的意思则是，太阳，是完满的一类事物；月亮，是缺损的一类事物。可见，日、月概念的获得源自具体的视觉观察，而视觉的感知从一开始就具有一般性特征。

移家別湖上亭　戎昱

好是春風湖上亭柳條藤
蔓繫離情黃鶯久住渾相
識欲別頻啼四五聲

屠林俞之鯨

一九二

60

另一方面，事物所具有的表现性本身就能传达意义，如"▲▲▲"，传达的是稳定感，"ﾉﾉﾉ"传达的是流动感；一个正三角形传达的是稳定、上升感，所以埃及法老建造金字塔，藉以彰显灵魂的飞升，一个倒三角形传达的是具有极度张力的平衡与潜在危机，招贴《SCHTONK!》便是一典型例证。

同样，松树传达的是稳健上升、柳树传达的是下垂、柔顺，这就是为什么革命者被演绎为在青松前就义，因为青松的表现性与革命者崇高、不可动摇的信念具有同一性；而"柳"是中国诗词文化中"离情别绪"的永恒意象，这是因为垂柳所具有的那种被动下垂的表现性与分离时的低落的心理意象具有同一性。象征是建立在同一性的基础上的，对于图形的一般性感知是人类沟通的主要通道，一切图形设计的传达问题都是建构在这个基础之上的。

曲珊珊在这次招贴课中的一个创意是《老人需要你的微笑》，微笑的意象简约成一弯向上的文字，带有几分诡秘而幽默地表达了缺少暖意的老人的境遇，嘴的简约造成极度的张力，不容置疑地刻画出笑容难得的不良态度，从而使得画面具有了正反双关的悸动感受。

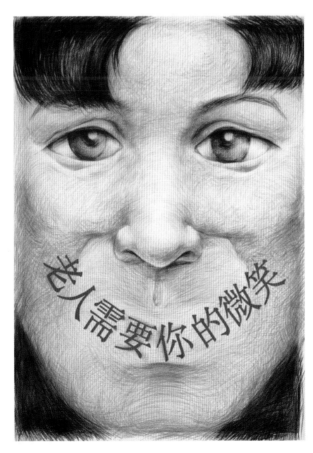

再让我们看看刘兴瑞的作业。由年轻变衰老是人的本质，也是万事万物的本质。古甲骨文的"人"字是一个侧面弯腰的身影，形态本身传递出弯曲、谦和的姿态，作者借用这一姿态，来演绎"人都会衰老的"不变事实，由此引发对老年问题的思考，图形表达了给老人以支撑即是给所有人以支撑的基本概念。

说文解字

第八章上

金坛段玉

载注扌，

天地之性

取贵者也。

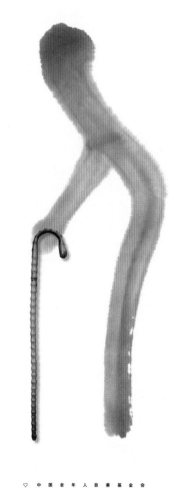

♡ 中 国 老 年 人 慈 善 基 金 会

形是会传达意义的，在你没有增加任何文字解释的时候，图形已经将主要的话都说了。

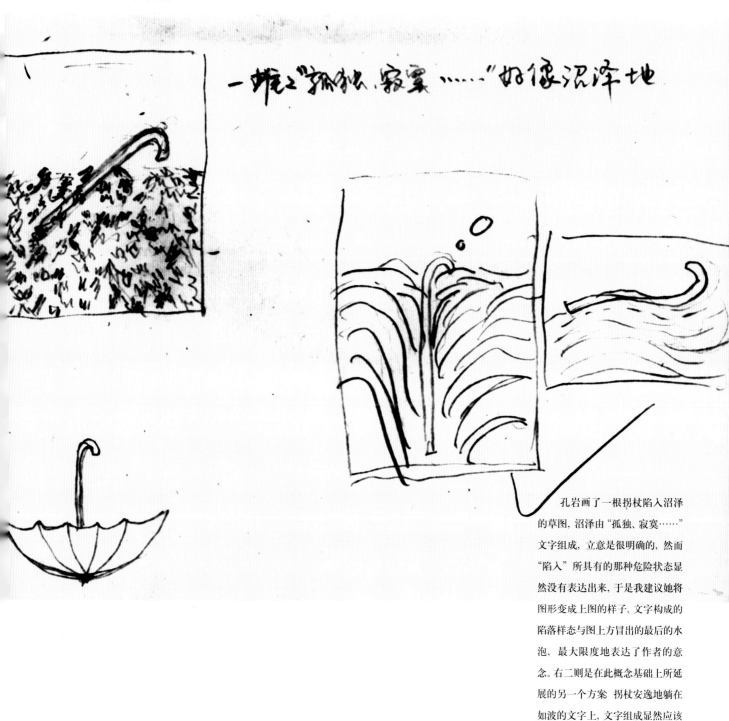

　　孔岩画了一根拐杖陷入沼泽的草图，沼泽由"孤独、寂寞……"文字组成，立意是很明确的，然而"陷入"所具有的那种危险状态显然没有表达出来，于是我建议她将图形变成上图的样子，文字构成的陷落样态与图上方冒出的最后的水泡，最大限度地表达了作者的意念。右二则是在此概念基础上所延展的另一个方案 拐杖安逸地躺在如波的文字上，文字组成显然应该是字字关怀、句句暖意的。

66

"人类的一切无时不在与象征功舷发生着作用。"

——（法）弗朗索瓦兹·多尔多《一切都是语言》

诸事物间的同一性是象征的基础，就图形设计而言，象征意味着图形隐念着某种具有生发意义的观念。这种观念无需借助文字语言的解释，而是藉由图形本身的表现性直接传递到我们的眼睛中。因此，真正的象征是一眼就能看出的意义。

左图是大川在4岁时画的一张题为《鸭子医生为受伤的小燕子治病》的画，巨大的鸭子头与医生的帽子构成强有力的团状，伸出去的手（或爪子）轻轻托着仰躺着的小小的燕子。团状具有密实、扩张感，是孩子心目中医学力量的象征；腹部向上而呈凹形的小燕子，传达的是被动性、接受性。图形所传达的那种施予与接受，强壮与病弱，无需文字的介入已明晰地表达出来。

再让我们看看另一幅作品，出自于米开朗基罗在罗马西斯廷教堂创作的天顶画中的《亚当出世》，由天使环绕着的上帝构成具有动感特征的球状样态，画面左下角的亚当斜躺着的姿态构成凹形的样态，施予与接受，强大与弱小的主题表现与大川的儿童画是如此的相似，人类关于图形的意象也许真的是无分长幼，古今如一。

由此我们可以发现，伟大的象征所具有的品质：图形的构成样式是人们理解特定内容的媒介，图形所传达的象征意义不仅适用于某一特定概念的表达，同时亦适用于一切类似的情势与境遇，由此，具体的图形感知具有了一般性的性质，而此种性质，并没有脱开感性的背景，故而易于为眼睛与心灵瞬间感知。

在王建辉同学的作业中，我们看见一根貌似拐杖的燃尽的火柴，拐杖原有的平滑有力的弯曲让位于脆弱、危殆的不支，图形瞬间传递出一触即毁的危机状态，而这正是创作者希图告知我们有关老人问题的核心内容。

陈礼的拐杖打了一个结，以此象征老人生活中难解的问题。但图中的结如此松散，与"死结"所要求的密实大相径庭，形态的表达显然与原有的立意不相符合。

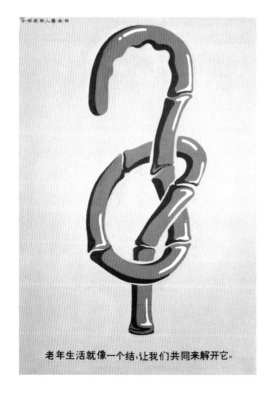

珍惜老人金子般的晚年

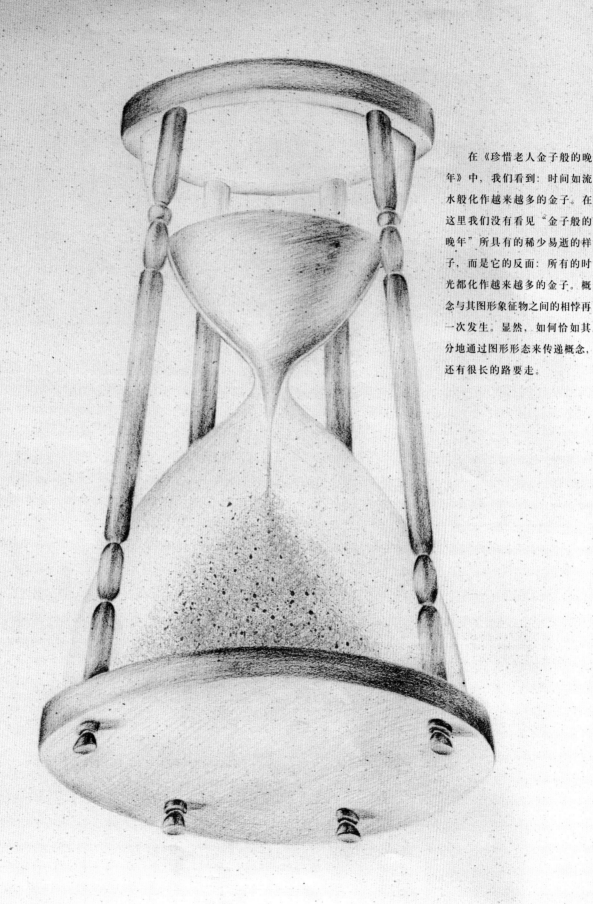

在《珍惜老人金子般的晚年》中，我们看到：时间如流水般化作越来越多的金子。在这里我们没有看见"金子般的晚年"所具有的稀少易逝的样子，而是它的反面：所有的时光都化作越来越多的金子。概念与其图形象征物之间的相悖再一次发生。显然，如何恰如其分地通过图形形态来传递概念，还有很长的路要走。

简化不易，如何能用最简约的视觉语言来达到概念表达的最优化，从而使得图形单纯、明晰、隽永，一直是创意人员的努力方向。

另一方面，现世的流行因素，又强有力地左右着受众的视线，无止境地唤起新的欲望。

网络的迅猛发展，人类正在进入真正意义上的资讯共享的时代，流行浪潮翻新的速率越来越快，新面孔、新形象在一瞬间就被下一拨取代，在一个失去恒常性的波动时代，视觉形象该以怎样的面目去面对受众就成为一个难题。

鲁道夫·阿恩海姆说过："简化的形象就是被记住的形象。"这一基本的信念来源于对人的基本的视觉经验的考察：眼睛需要看见完整的东西，完形是人的生物本能。因此，简化的原则依然是视觉传达设计的核心。但简化的图形不能只存活在理论的真空之中，事物周围的流行因素是图形传达中情感、趣味取向，甚至是认知、认同感的强大背景，简化一旦脱离了这些感性的背景，便会被剥离成单调、乏味、无人理睬的抽象结构。

徐悦同学用由拐杖组成的
ＳＯＳ图形来传达"老龄化危
机"的主题，形式简洁，没有
多余的废话。在进一步细化过
程中，作者将拐杖加上长长的
阴影，从而使得平面的形式获
得空间的性质，不止于此，中
性的红、黄色的组合，更赋予
画面夕阳般温暖的氛围，于是
原有的单纯的符号化的意象获得
了真实可视的现场感受。背景
的增加，增强了传达的亲和
力，并赋予作品人性的因素，
扩展了受众参与和想像的空间。

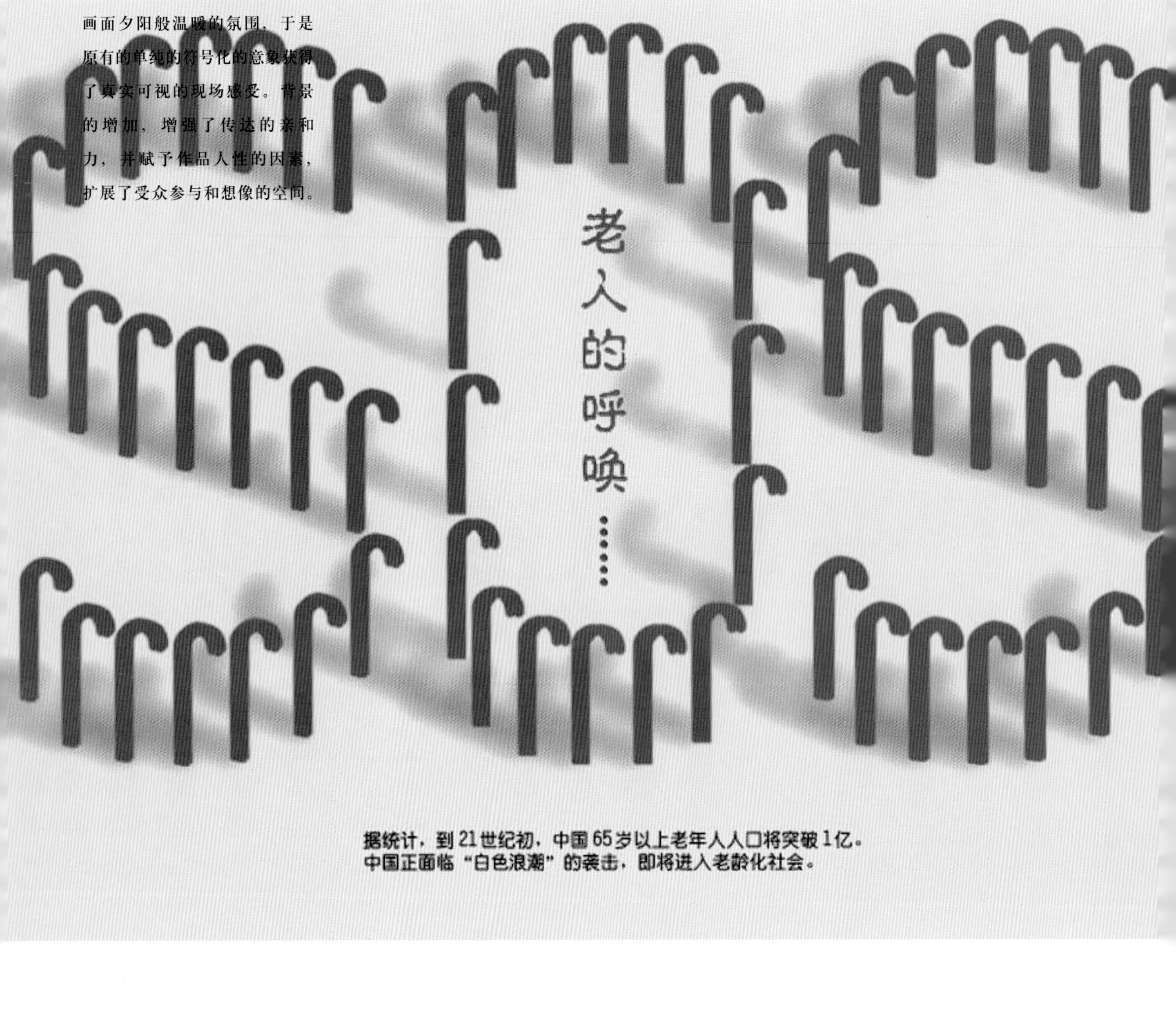

老人的呼唤……

据统计，到21世纪初，中国65岁以上老年人人口将突破1亿。
中国正面临"白色浪潮"的袭击，即将进入老龄化社会。

给他们一点点关怀
他们就变得丰富多彩

柏平的这张招贴，由四根彩色的拐杖组成，单纯而夺目地传达了"让老人的生活丰富多彩"的主题内容，图形的表达做到了最大限度的简化。

关注老人

周臻同学以IT行业的一个表示友好界面的符号作为母体，幽默地表达出网络时代老人参与的基本理念。作品风格采取近来IT行业广告的一些形式特点，从而使得作品具有一定的流行意味，于是一个并不特别的概念做出了新鲜的感觉。

杨莹同学的创意元素取自崔健的磁带封面《一块红布》，摇滚与老人并置，形式的异类造成强烈的视觉冲击，图形背后的意味更令人深思。

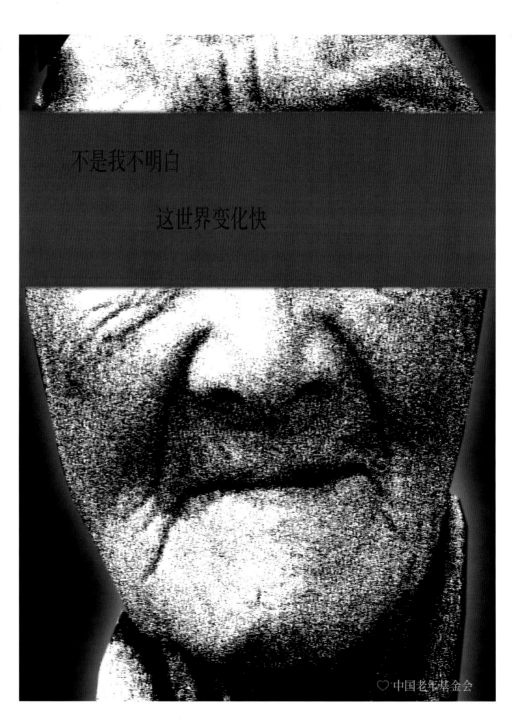

不是我不明白

这世界变化快

♡中国老年基金会

银丝更需要呵护

孔岩的《银丝更需要呵护》，我们一听到"呵护"就会很自然地联想起头发，因为每晚电视中各种品牌的洗发水的广告都在不停地劝我们去"呵护"头发，让头发"乌黑靓丽"，借用洗发水广告中出现频率最高的词"呵护"来做文章，使得"银丝更需要呵护"具有了双关的含义与时尚的趣味。遗憾的是，由于技术的问题，这个想法未能实现。

老人稀疏的后脑勺上赫然刻了"Pentium 2000"的字样，该以什么样的思考去面对网络时代的老人，才既符合潮流又符合人性？

考虑尖端问题与秀发没多大关系

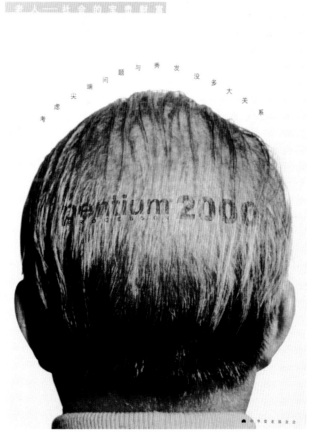

孔岩的这四张图，让我们
看到细节的推敲与演进的过程。

儿童大约五六岁以后才会有明确的方位感，本图中的数字从中心开始顺时针画了一个圈，部分数字如3、5、6、7等随方位的变化而呈中轴对称。这是由于，一方面儿童已有明确的方位意识，因此一个"3"从右边绕到左边，便变成了"ε"；另一方面，数字对于这一阶段的儿童来说只是一个具体的图形，并没有上升为具有恒常性的抽象的数字符号。

杭大川5岁时的作品

　　甲骨文的"人"字是一个侧面的人的形象，而一个正面对称的人的形象则是一个四平八稳、伟岸的"大"字，在"大"字下面加上一横则变成立于大地之上，豪气万状的"立"字，而在"大"字上加一横则变成至高无上的"天"字。同样一个站立着的人、正面、侧面、上面、下面的变化，传达了迥然相异的视觉感受，方位在概念形成中的重要性可见一斑。事实上，方向的确立，对人的存在有着至关重要的意义。据抢救医学专家统计，绝大多数从濒危状态苏醒过来的人所说的第一句话是"我在哪儿"，而不是"我怎么了"。方位的确立有助于消除因熟悉背景的丧失而造成的不安与迷茫，否则存在将是不可预知的惶恐。

　　幼童在绘画中往往没有明确的方位感，我们常常发现幼儿倒着画人，反着写字，却如同正着写、画时一样自如，一直要到五六岁以后才会逐渐有明确的方位意识，有的专家推测方位的全面确立与人的脑神经的成熟有关，我则更愿将之想像成早期心灵所具有的那种没有边际、没有障碍、没有正反的自由与深刻。

在图形设计中，特定图形的方位变化会传达出不同的视觉意义，在右两张图中，看似只是一行字一会儿在上，一会儿在下的区别而已，但两者对于主题的表达的效果却有很大的区别：

《它能站立多久》以拐杖化身为老人的象征，以拐杖独木难支的状态来描述晚景无助的危机。右上图中，拐杖与横排文案构成"⊥"形的稳定结构，显然文案的位置无助于从视觉层次上深化主题。而右下图中，拐杖与横排方案构成"⊤"形——充满张力与危机的平衡结构。此结构"一触即倒"的视觉感受强化了主题——"它能站立多久"，从而使得图形结构与主题的意象结构交融同一，最大限度地实现了传达目的。

它 能 站 立 多 久

它 能 站 立 多 久

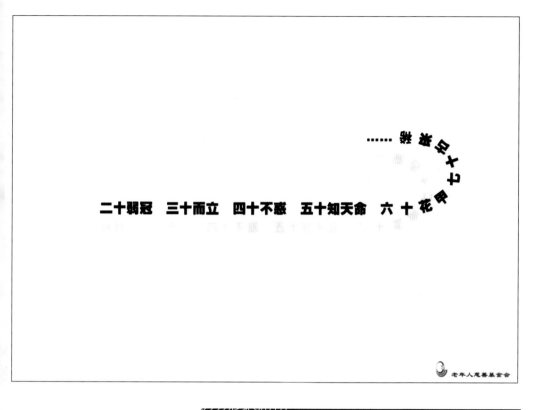

二十弱冠 三十而立 四十不惑 五十知天命 六 十花甲 七十古来稀……

老年人思善基金会

左上图以文字横排成拐杖形状，文字左起"二十弱冠，三十而立……"结尾处的"七十古来稀"恰好位于拐杖的弯曲处，因此以视觉的方式展示了步入老年时心身垂老的状态。这是作者苦心经营的意趣所在。但从整体上分析，横排的文字拐杖有一定的识别困难，毕竟常态中的拐杖应是立着的，何况又是由文字构成的虚拟样态。孔岩曾试图将拐杖竖排，但原有的图文意趣却丧失了，在反复斟酌之后，最终还是选择了图中这一方案。

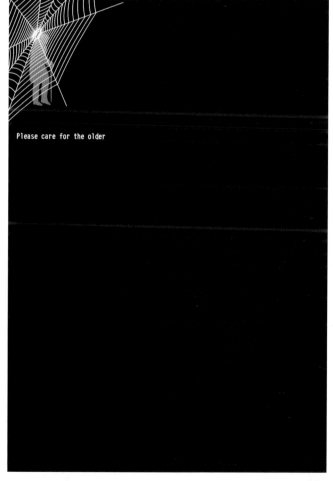

Please care for the older

关莹的这幅作品挺有意思，大面积的空白，只在画面左上角画了一个蜘蛛网，极大地强化了"角落"、"尘封"的视觉意象。我曾建议他将蜘蛛网也去掉，只在左上角写上"别将老人遗忘在角落"，则能最大限度地以视觉的形式传递出"角落"的意象。最后的作品不仅有蜘蛛网，而且加上老人的剪影，作者显然觉得，只有这样才能将想讲的话讲全、讲清。

young

寸心关爱

让　老　人　走　得　更　稳

　　一个普通的"老"字，王建辉同学却看出了"老"与"少"的共生图形，于是长辈与晚辈的依存关系以巧妙的图形方式表达出来。

　　一个普通的"寿"字，周臻同学却看出了长寿的原因来自于日常生活中的寸心关爱，于是关爱老人的主题以一种平淡又极不寻常的细腻方式表达出来。

　　《让老人走得更稳》以三点支撑的拐杖来演绎关爱的主题：关爱应从细节着手、小地方着手，而不是流于空泛的说教。

　　在一个常态概念被玩熟得过久的情况下，深入细节、注意体会那些不起眼、易被忽略的细节就显得格外重要　未被正眼看过的地方往往蕴含着巨大的成型的可能性。很多情况下，我们容易习以为常，一切就应该那样，眼睛看见了，其实什么也没有看见，就像很少人能从"老"字中看见"少"的存在。这是因为一方面，没有预先的假设、预先的想像，就没有重组的可能；另一方面，没有细心的体会与长时间的"沉浸"就不可能有新的细节特征的浮现。新的细节特征不是图形原有的东西，而是我们思索的结果。细节就像天上的云彩，时刻在准备变形，以适应主题的需要，有什么样的概念进入，细节就会长成什么样的图形特征。另一种状态是，我们没理出任何头绪与线索，只是对某一元素发生了兴趣（比如例子中的"老"字），通过体会，琢磨这一元素的结构特征，并尝试延展各部分变形的可能性，最终可能得到某一图形方面的巧妙的组合（比如例中"老"字化为"老"与"少"的组合），利用这一新的形式靠近原来的主题（比如例中的"关爱老人"的概念），促使原有主题产生变化，最终与新的形式水乳交融成为一体。

　　创意过程中，自上而下、与自下而上的思考方式都是可行的。实际的操作过程中，往往是交互进行或并行不悖的，研究细节是进行图形设计训练的重要方法，细节处理是展示图形设计师创造力与敏感度的重要指标，巧妙地利用、变化细节，可以显示出设计师不凡的职业水准；反之，牵强附会的细节处理，则将低劣的从业水平暴露无疑。

　　注意体会、推究细节，可以让我们意识到：创意的切入点，随处皆是，环境中的任何一处细节都是一扇暂时关闭的窗口。

　　王雪皎的草稿中，我们看到，拐杖单独呆着，表达的是支持的概念，而一旦加上一条阴影，则转化成孤独的概念。可见，些微的变化带来的迥异的视觉感受。

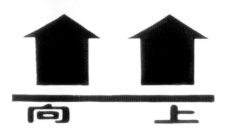

向上

小心轻放

怕湿

堆码极限

　　包装的基本功能是保护，包装箱上的每一个警示符号都是一种防护性的提醒：小心轻放，注意防雨，请勿倒置……徐悦同学以《里面是一个老人》为题，将包装的防护性概念转化为一个关注老人的生存状态的公益概念。独特的选材，反常的表达，营造了一个平易而异样的意象氛围，包装所具有的那种保护与封闭的双重性质，赋予了老人问题以复杂变幻的矛盾内涵。反常态的表达会带来视觉与心灵的双重震撼，有助于具体的视觉传达从信息洪流中凸现出来。然而，单纯地以形式的怪异来刺激神经，而不管形式是否传递了某种观念或思考，也不在乎观看之后的后果的评估，这种反常对于设计来说是不够的，有时甚至是有害的。

　　图形设计中的反常，是一种特殊的沟通方式，旨在利用逆向或异常的思绪求得形态的变异，以期出奇制胜、先声夺人，对图形进行不同寻常的演化与推敲，是"反常"成活的基础。

　　反常是反一般之常，以立意的奇特来传递某一特定的观念或思考，看似反常，实则理性、科学，其目的不仅要震撼人心，加强记忆，更需要对可能引发的后果进行预期与控制，以获得良性的送达评估。

李梅玲的《等待晚年》。李梅玲的这张安乐椅没有丝毫安适的意味，锋利的铁丝建构了冰凉刺痛的意象氛围，强有力地展示了一种令人心悸的等待与归途。

等待晚年

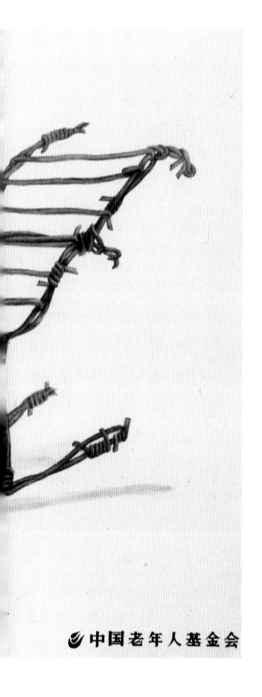

中国老年人基金会

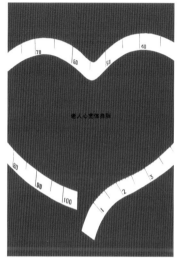

老人心宽体自胖

肥胖不符合潮流，谁都不愿意自己的腰围增大，但王雪皎的爱心标尺却丈量出老人悠然自得的心宽体胖。概念的颠倒营造了幽默的意趣，传达出合理的内涵。

打牌是老人的重要娱乐项目之一，这副全是红桃九的牌显然是个象征，红桃象征着爱心，九九之数象征着重阳。打出这样一副牌的老人的心里定然是最美的，就如同前方延展的无边的秋叶。一副牌可以营造出诗意的、震撼人心的意境。这样的创意显然来自于对日常生活细节的入微观察与体会。

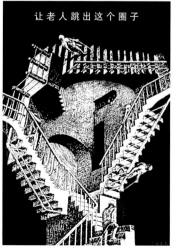

让老人跳出这个圈子

罗凌霞的作品，借用埃舍尔的矛盾空间的图形来描述老人在生活中可能陷入的不可自拔的自闭状态，于是原本抽象的、难以描述的心理事实，就这样以反常的图形方式准确地呈现在我们眼前。

　　另类的表达来自概念的全面翻新、转化，而不是单纯的形式的非主流的变化，这就是刘宓同学的《新生代》给我们的启示。在创作的流量出现瓶颈的时候，我问学生们，"难道关爱老人真的就只能是体贴、呵护，让他吃好穿暖，心宽体胖地安度晚年吗？让老人不歇着，不安定，让晚年充满刺激、紧张，真的就是不可取吗？"逆向的提问，希图得到全新的答案，刘宓同学的《新生代》就是其中的答案之一。

　　一开始，在刘宓的草稿纸上，我们看到了"染发老人"，"老手与红指甲""烫钢丝发"、"墨镜"等字眼，然后草图出现了，是一个留着朋克发型的老人，和一个戴着墨镜与单只耳环的老人。其中的时尚、另类的意象引人发笑又促人深思，让晚年的生活打破平淡，出现戏剧性效果是这幅草图给我们的最初印象，而过于前卫的装扮则又带来一种震撼和超常的视觉冲击。刘宓的草稿再一次说明了记录瞬间思绪的重要。接着，如何以一简洁的标题极大地明朗主题，成为视觉传达的一件大事，刘宓提供了"创造晚年"，"共同的时代"，"老人离我们很近"、"疯狂、自信、时代"等等众多的标题，无一令人满意，于是教学活动又回到了"幼稚的提问与全新的答案"阶段。

　　教师："什么人这样打扮自己？"

　　刘宓："年轻人。"

　　教师："什么样的年轻人？"

　　刘："新潮的年轻人，新生代。"

　　教师："老人这样打扮自己意味着什么？"

　　刘宓："开始一种新的生活。"

　　教师："是重获新生的意思吗？"

　　刘宓："是的。"

　　教师："题目应该是很明确了。"

　　刘宓（笑）："是的，'新生代'。"

　　在最后完善作品的过程中，刘宓又找来联合国有关国际老人年的主题文字，从而赋予了另类图像以严肃的主题性质。

再让我们来看刘兴瑞同学的作品。这是一个曾经遍布京城各角落的人像，作者借用这一话题形象来表达"关注老人"的概念。给这个侧面形象加上胡须与寿眉，使之演化为老人的印记，于是，内省的深刻与话题的时尚性质奇异地交织在一起。考虑到其推衍的母体——侧面人像曾是一个引起艺术界、公众、政府广泛争议的图形，于是关注老人的概念借由这一图形之壳生发成为一个全新的思考与异议的焦点。

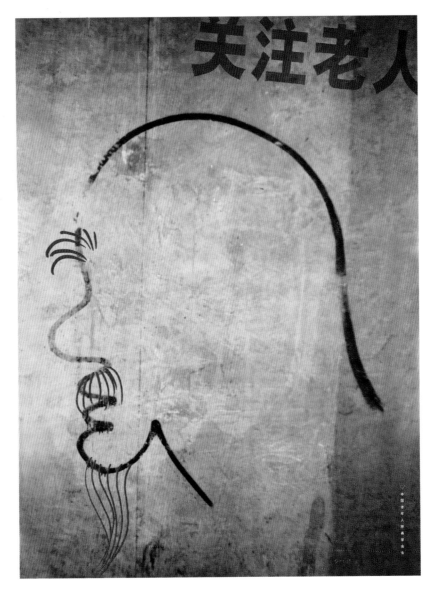

赵建辉同学的《老人正常的需要》一扫温吞与闪烁，以反常而直露的表达法引发了有关"老人与性"的话题思考。构成元素大胆而巧妙地错位，让受众瞬间直面老人生活中难言的实际问题，在我们经验到视觉与情感的冲击后，体悟到其中的深切的人性关爱。

另类风格的探索，会在概念与形式两方面找到常态的突破口，就创意训练而言，让另类不流于单纯的形式的标新立异，而是导致概念的自我深化与拓展，无疑是我们未来努力的方向。

　　在刘宓同学解释她的《笑容依旧》的创作意图后，有同学说，这样的画面会伤了老人的心，让人不安，我没有回答。的确，从受众角度考虑，这种担忧是不无道理的。公益类广告的一般性原则告诉我们，不要轻易地展示消极面，以免使受众产生逆反心理，造成传达的中断，甚至产生负面影响。没有人愿意面对死亡的场景，何况中国是一个讲究避讳的国度，从这个角度考虑，这则招贴断无出笼的理由，但刘宓在创作过程中显示出的与众不同的气质和胆识，表明她的尝试极有可能成为一种突破常态的风格表达。广告史的读解让我们懂得法则、教条是新思想、新风格的重要杀手，革命性、划时代的作品的出世总是伴随既定法则的瓦解、崩溃，挑战人性的禁区是有意义的冒险历程，用种种世故的眼光、既成理论来评定作品，只能制造出"安全第一"的隐身招贴，索性不顾一切，反倒可能走出一条新路。刘宓的《笑容依旧》便这样诞生了，作品的成败自待众人评说，但鼓励学生在思想上没有任何禁区，无疑会影响其一生的作为，所以我视"索性全不顾"为保护心灵的一种方法。

笑容依旧

很多时候，教师不经意的一两句话，会在学生的心中埋下觉悟的玄机，假以时日，昔日小小的蛹儿便会化作花翅的彩蝶；但是，也很有可能埋下的是狭隘、自闭的种子，于是，另一种长成就令人忧心忡忡了，所以教师应该注意自己的嘴巴。

创意活动，很少有什么绝对的是与不是，绝对是暂时的，相对是永恒的，老师有这种思索，学生就会有开放无碍的心态。做学生的朋友、参谋，而不是做了断是非的判官；让教学在交流的笑声中度过，笑声中有每个学生的声音；让作业五花八门，令人很难相信是一个老师教的，这就是我的想法。

本书中由平面97班、99级助教进修班及考前班的部分学生提供作品或草稿，正是由于他们慷慨地提供某种程度上的"私密性"的原始草稿，才让本书充满了灵动的印迹，在此深致谢意。同时，值得一提的是，在我进行图形研究过程中，我儿大川的信手涂鸦给了我许多灵动而深刻的启示，使我意识到，关注儿童的绘画，意味着找到了图形研究的原始土壤。

中央美术学院设计系实验教学丛书

丛书策划	谭　平　　黄　啸		
丛书主编	谭　平　　黄　啸		
编委会	周至禹	滕　菲	杭　海　　谭　平
	王　铁	崔鹏飞	吕品晶　　黄　啸
整体设计	谭　平		
封面设计	孙　聪		
版式设计	杭　海　　孙　聪		
电脑制作	高　凌　　刘　钊　　孙　聪		
	刘兴瑞　　黄　鹂		

借题发挥
招贴设计《关注老人》的教学笔记

责任编辑	黄　啸
责任校对	李奇志

出版发行：湖南美术出版社
地　　址：长沙市人民路 103 号
经　　销：湖南省新华书店
制　　版：深圳利丰雅高电分制版有限公司
印　　刷：深圳市彩帝印刷实业有限公司
开　　本：850 × 1168　1/16
印　　张：6.125
2000 年 9 月第一版　2000 年 9 月第一次印刷
印　　数：1-5000 册

ISBN7-5356-1430-2/J·1347　定价：45.00 元